# EVELINE PAWLICH

Ostern verschwindet im Dschungel der Cameron Highlands Raymond, ein inzwischen ergrauter amerikanischer Idealist aus Flower-Power-Zeiten. Zusammen mit seinen Freunden Helen und Jacob hatte er sich in einem kleinen asiatischen Königtum niedergelassen und dort die Opiumproduktion sozialisiert. Trotz intensiver Suche bleibt er unauffindbar, so dass ihn seine Freunde nach einiger Zeit für tot erklären und dessen genossenschaftlich organisiertes Mohnblume-Unternehmen dem freien Markt anpassen. Als überzeugter Alt-Linker wäre Raymond über diese Umstrukturierung äußerst ungehalten. Aber zum Glück ist er ja tot. Oder?

Eveline Pawlich, geboren 1951 in Berlin, arbeitete nach einem Germanistik- und Geschichtsstudium als Dramaturgin und an einem Berliner Gymnasium. Sie veröffentlichte Reiseberichte im Berliner "Tagesspiegel", die Kurzgeschichtenbände "Falkenjagd" und „Mama, die Tür klemmt", die Gedichtbände "Kein Halt auf dieser Strecke",„Valentins Strauß" und Gedichte in Anthologien sowie die Komödien„Frankenstein gratuliert" und „Sternekieken".

# Eveline Pawlich

## Haben Sie Raymond gesehen?

*Groteske Komödie*

Die Deutsche Nationalbibliothek verzeichnet diese Publikation in der Deutschen Nationalbibliografie, detaillierte bibliografische  Daten sind im Internet über http//dnb.de abrufbar.

© 2020 Eveline Pawlich
Fotos: Eveline Pawlich
Satz und Layout: Eveline Pawlich
Umschlaggestaltung: BoD - Books on Demand, Norderstedt
Herstellung und Verlag: BoD - Books on Demand, Norderstedt
Erste Auflage 2020
ISBN 9783752673265

# Haben Sie Raymond gesehen?

## PERSONEN

Raymond – Vorstand des Mohnblume-Genossenschafts-Unternehmens

Jacob - Freund Raymonds und Aufsichtsratsvorsitzender im Mohnblume-Unternehmen

Helen - Frau Jacobs

Tiny - Freundin Raymonds

Jasmine - Geschäftspartnerin Jacobs

Clarence – Hellseher

3 Reporter

Inspektor

Ma Ha und Ma Hok – Bedienstete im Hause

*VOR BEGINN*

FRAGEN *an die Zuschauer:* Entschuldigen Sie, haben Sie Mr. Raymond gesehen? - Sind Sie Mr. Raymond begegnet? - Wissen Sie zufällig, wo Mr. Raymond ist?

*Bei positiver Auskunft:* Vielen Dank! Das könnte uns weiterhelfen.

*ERSTER AKT*

*ERSTE SZENE*

*Ostersonntag, nachmittags. Inneres eines Wochenend-hauses in den Cameron Highlands. Teakmöbel, teilweise asiatisch, teilweise europäisch, eine Uhr, Ventilator, zwei amerikanische Sessel mit Couch um einen Tisch, auf dem sich eine Vase mit Rosen und Schokoladeneier befinden. Im Hintergrund ein Papagei auf der Stange und im Regal ein Goldfischglas sowie Flaschen. Rechts: Tür und Fenster mit Blick auf einen gepflegten englischen Rosengarten, in dem auch ein thailändisches Geisterhäuschen steht. Im Hintergrund: Dschungelatmosphäre. In den Sesseln sitzen HELEN und JACOB, ergraute, sich für ihr Alter aber fit gehaltene Amerikaner, die seit Jahrzehnten in Asien leben. Helen hat sich noch immer nicht von Indienfummel und Stirnband aus Hippie-Zeiten getrennt, obwohl sie ihre schlanke Mädchenfigur inzwischen verloren hat. Jakob trägt trotz Hitze eine locker gebundene Krawatte. Er entnimmt einem Päckchen hin und wieder einen Kaugummi. Beide trinken Tee und lesen Zeitung. TINY, junge, quirlige, doch sanfte Asiatin, erscheint aufgeregt im Zimmer. Sie ist nach Teenie-Mode mit Minirock gekleidet und wirkt sehr kindlich.*

TINY  Habt ihr Raymond gesehen?

JACOB  Er wird noch schlafen.

TINY *hysterisch:* Er ist nicht auf seinem Zimmer. Sein Bett ist unbenutzt.

HELEN *beruhigend:* Vielleicht im Bad.

TINY Habe ich gerade nachgesehen.

JACOB Irgendwo wird er schon sein. Ein Mann verschwindet nicht so einfach.

TINY Ich habe ihn im ganzen Haus gesucht.

JACOB Dann schau im Garten nach!

HELEN Vergiss nicht! *Entnimmt der Vase eine Rose, gibt sie Tiny.* Sonst sagst du wieder, wir sind schuld, wenn uns die Geister nicht gewogen sind.

*Man sieht durch das Fenster TINY im Garten die Blume am Geisterhäuschen opfern. Sie entfernt sich, Raymonds Namen rufend.*

HELEN Dieses Kind! Glaubst du, dass Raymond jemals daran denkt, sie zu heiraten? *Legt die Zeitung weg.*

JACOB Warum? Sollte er?

HELEN Er kommt in die Jahre - und Tiny ist ein liebes Mädchen. Dann brauchte er sich um sein Alter keine Sorgen mehr zu machen. Und sie sich nicht um ihre Zukunft.

JACOB Er zahlt doch auch so.

HELEN Wie billig! Raymond ist anders.

JACOB Aber ein Mann. Dazu noch Amerikaner. Ihre halbe Sippe lebt von ihm. Was will sie denn noch mehr?

HELEN Du sprichst wie jemand von der alten Silom Road.

8

JACOB  Früher warst du weniger spießig.

HELEN  Spießig? Schau dich mal an!

JACOB  Soll ich mir 'ne Feder in den Hintern stecken?

HELEN  Ich sprech hier nicht von Kleiderfragen. Tiny ist ein wirklich nettes Kind. Sie wollte früher Tempeltanz studieren, hat sie mir mal erzählt.

JACOB  Ja und? Sie tanzt doch hin und wieder.

HELEN  Wo?

JACOB  In Clubs - als Gogo-Girl. Du weißt doch, wo Raymond sie aufgerissen hat.

HELEN  Sie ist trotzdem ein nettes Mädchen - und mir irgendwie ähnlich. *Macht eine tänzerische Bewegung, wobei ihr eine Naht platzt.*

*JACOB sieht sie stirnrunzelnd an.*

HELEN  Na ja, wie ich mal war.

JACOB  *schüttelt verständnislos den Kopf:* Du kannst ja wohl nicht ernsthaft glauben, dass Raymond diese Kleine...

HELEN  Mich würde es freuen. Sie ist mir in der letzten Zeit so ans Herz gewachsen. Aus meiner Familie ist mir schließlich keiner mehr geblieben. Dass man den Mörder damals nie geschnappt hat, ist mir noch heute unbegreiflich.

TINY  *aufgelöst:* Ich kann ihn nicht finden.

JACOB  Mach nicht solch einen Wirbel! Vermutlich spaziert er irgendwo herum und freut sich an der frischen Luft hier draußen.

TINY  Wie könnt ihr nur so ruhig bleiben?

HELEN   Kind! Raymond ist ein erwachsener Mann. Seit Jahren verbringen wir die Ostertage hier. Er kennt sich aus im Dschungel.

TINY   Man muss ihn suchen.

HELEN   Na, wenn du meinst, dann tu es. Aber bleib wenigstens auf den markierten Wegen, sonst müssen wir am Ende dich noch suchen!

*TINY verlässt hastig den Raum. Man sieht sie durch das Fenster, wie sie auch den Rosengarten verlässt.*

JACOB   Wie ein aufgeregtes Huhn! Was für ein Blödsinn! In einer halben Stunde ist er wieder da.

HELEN   Warum sollte Raymond sie eigentlich nicht heiraten? Wir wären dann eine richtige kleine Familie. Und immerhin lebt sie ja schon eine ganze Zeit bei ihm.

JACOB   Von ihm. Das solltest du nicht verwechseln. Schließlich lebst du lang genug in diesem Land.

HELEN   Du Chauvinist! Raymond achtet alle Menschen.

JACOB   Vielleicht ein Fehler.

HELEN   Ich kann dich nicht begreifen. Wo sind bloß deine Ideale geblieben?

JACOB   Ich bin erwachsen.

HELEN   Erinnerst du dich denn nicht mehr: Peace, Freedom, Flowers, Happyness!

JACOB   Fang nicht schon wieder damit an! Das war ein Traum unreifer junger Leute damals in Amerika.

HELEN   Ein genialer. Und ein richtiger außerdem. In solchen Träumen gibt es nämlich weder Neid noch Egoismus, keine Kriege, keine Eifersucht, keine Depressionen - und natürlich keine Krawatten.

*JACOB zieht seine Krawatte zurecht.*

HELEN „Love" war das, wozu wir aufriefen. Und: „Der passive Mensch ist der beste!", das war unser Slogan. Deshalb haben wir doch schließlich Mohnblume gegründet.

JACOB Und die ist abgewirtschaftet. Und was dieses Rumgehopse vor gefühlten 100 Jahren betrifft...

HELEN Oh ja, die Happenings im Central Park! *Singt und tanzt:* Hari Krishna, hari Krishna, hari hari, hari Krishna!

JACOB Phantastereien von Studenten, die heute Firmenbosse sind. Das ist schon lange Schnee von gestern. Bloß ihr beide wollt es nicht merken, du und Raymond.

HELEN Wieso? Damals in Big Apple, da wolltest du doch selbst... Zusammen mit Raymond... Dass dann mein Vetter nach dem Unglück plötzlich auftauchte und Vaters Firma erbte, war wirklich nicht vorauszusehen.

JACOB Stimmt. Keiner hatte damit noch gerechnet.

HELEN Unser Traum von einer Genossenschaft mitten im Herzen des Kapitalismus! Aus war es damit, als er kam.

JACOB Ja, schlagartig.

HELEN Schluss mit der Devise: Nicht Religion ist Opium, sondern Opium Religion. Aber hier war das anders. Und es ist es immer noch.

JACOB Das mit dem Opium ist natürlich richtig.

HELEN Genau wie: West meets East.

JACOB Ja sicher.

HELEN  Was dann?

JACOB  *legt die Zeitung beiseite*:  Raymonds Gleichmacher-Spielereien aus der Buddelkiste. Er sollte sich lieber mit den Zahlen auseinandersetzen.

HELEN  Aber das tut er doch.

JACOB  Das glaubst du doch wohl selbst nicht. Sieh dir das Unternehmen an! Mohnblumes Strukturen sind total verkrustet, hoffnungslos. Keinerlei Innovation, keine Mobilität, keine ökonomische Effizienz!

HELEN  Ja, und?

JACOB  Wir stehen kurz vor der Pleite und hätten sie bereits, gäbe es nicht einige Banken in Übersee. Zum Glück liegen Asiatika wieder voll im Trend. Allein Raymonds Buddha-Sammlung hält uns zur Zeit über Wasser. Doch fragt es sich, wie lange noch bei seiner Sturheit.

HELEN  Aber jeder ist doch glücklich und lebt hier nach seinen Bedürfnissen.

JACOB  Das ist es ja: Die Leute haben gar keine echten Bedürfnisse mehr. Bekifft schlafen sie in der Generalversammlung.

HELEN  Sie sind glücklich. Raymond hat es eben geschafft, ihre Bedürfnisse zu befriedigen. Willst du ihm das missgönnen? Ihre Anteile sind gesichert und Opium ist für alle da. *Wickelt sich ein Schokoladenei aus und isst es. Mit vollem Mund*: Das macht sie glücklich. *Putzt sich die klebrigen Finger an einer Serviette ab. Reicht Jacob die Schale mit Schokoladeneiern:* Möchtest du?

JACOB  Ich mag das Zeug nicht.

HELEN  Wir haben's doch erlebt, wie diese armen Landarbeiter ausgebeutet wurden von Verbrechern. Nichts als Waffenkauf hatten die im Sinn. Ich sage:

Waffen! Haben wir uns deshalb unseren Hintern platt gesessen? *Setzt sich auf den Boden, will Jacob auch hinunterziehen, der sich widersetzt.* Komm, setz dich doch noch mal! Wie früher bei den Happenings! Na, los! Kommst du überhaupt noch runter?

JACOB  Sei nicht albern!

HELEN  Raymond hätte...

JACOB  Natürlich! Unser genialer Mr. Wallerston! Der kommt bestimmt auch runter.

HELEN  Du sagst es! Er hat die Leute hier befreit von diesem grässlichen Kapitalistenpack. Jetzt organisieren sie sich selbst...

JACOB  Das ist mir neu.

HELEN  Natürlich nur mit seiner Hilfe. Noch immer würden sie für ihn durchs Feuer gehen.

JACOB  Deswegen hängt auch überall sein Bild, was? Genosse Raymond mit dem Sternenbanner nennen sie ihn und machen ihre Witze.

HELEN  Die Leute lachen immer. Eine andere Mentalität.

JACOB  Und eine, die sich nur ungern nach Plänen richtet.

HELEN  Ich begreife dich nicht. Damals warst du doch total besessen davon, das Unternehmen meiner Familie zu sozialisieren.

JACOB  Damals, damals -

HELEN  Hier hattet ihr die Chance. Raymond hat sie genutzt. Aber du... Du bist ja nicht einmal im Vorstand.

JACOB  Das ist Vergangenheit. Mohnblume hat abgewirtschaftet. Willst du das nicht begreifen?

HELEN  So seh' ich das nicht.

JACOB  Dann bist du blind. Genau wie Raymond. Wenn wir nichts tun, schluckt uns schon bald die Mafia. Die Arbeiter laufen jetzt bereits davon. Und die, die bleiben, sind korrupt und hängen bloß herum. Das mit dem Selbstversorgungsladen können wir uns doch schon lange nicht mehr leisten.

HELEN  Du bist ein Pessimist.

JACOB  Und du bist weltfremd.

HELEN  Erinnere dich doch mal! Alle ausgebeuteten Junkies und Dealer sollten sich eines Tages vereinigen – weltweit! Die Revolution!

JACOB  Hirngespinste!

HELEN  Raymond hat so viele mitgezogen mit seinem Eifer, seiner Tatkraft, seinem Charisma. Schnee und Koks für alle! So was ist Befreiung. Hörst du? Freiheit! Du bist doch Amerikaner!

JACOB  Mit Opium spekulieren! An die Börse gehen! Anpassung an den Markt! Eben weil ich Amerikaner bin.

TINY, *die inzwischen einige Leute im Publikum leise gefragt hat, ob sie Raymond gesehen hätten, erscheint. Verzweifelt:* Ich habe ihn nicht gefunden. Bin bis zum Golf Course. Aber auch im Smoke House Inn hat ihn niemand gesehen.

*ZWEITER AKT*

*ERSTE SZENE*

*Zwei Tage später. Morgens. Schon in ihrem Äußeren aufdringlich und klebrig erscheinende REPORTER umlagern JACOB im gleichen Raum des Landhauses. Jacob trägt einen eleganten Anzug. Die Reporter sind mit Mikrophonen und Kameras ausgerüstet, mit denen sie Jacob bedrängen. Ungeniert bewegen sie sich im Raum. Szene ist auf Tempo angelegt.*

ERSTER REPORTER    Trug Mr. Raymond seidene Unterwäsche?

ZWEITER REPORTER  Oder Ledergamaschen? *Macht eine Blitzlichtaufnahme.*

DRITTER REPORTER   In der Regenzeit vielleicht lange Unterhosen?

JACOB *wehrt ab*: Bitte, keine Aufnahmen!

ERSTER REPORTER  Wollte er das Land verlassen?

ZWEITER REPORTER   Und was war mit der Planerfüllung? Sie beide waren da nicht immer einer Meinung, oder?

JACOB  Was sollen diese Fragen?

ZWEITER REPORTER   Hatten denn Ihre Eltern nicht selbst einen Konzern?

JACOB  Das verwechseln Sie mit meiner Frau.

ZWEITER REPORTER  Ach ja, diese Tragödie damals. Nie richtig geklärt, nicht wahr? Fast die gesamte Sippe. Ich hab es im Archiv gefunden.

JACOB  Das geht Sie überhaupt nichts an!

DRITTER REPORTER Stimmt es, dass Mr. Raymond sein Unternehmen noch erweitern wollte? Wir hörten was von Dienstleistungsgewerbe.

JACOB Das tut doch nichts zur Sache.

ZWEITER REPORTER *beabsichtigt den Papageien zu fotografieren, der allerdings von Jacob verdeckt wird. Zu Jacob, diesen beiseite schiebend*: Ach, würden Sie bitte mal!

DRITTER REPORTER Also nicht nur Landwirtschaft?

JACOB Hören Sie endlich auf damit! Und geben Sie eine Liste raus mit allen Kleidungsstücken, die er zuletzt getragen hat! Das ist das Einzige, was wichtig ist.

ZWEITER REPORTER Meinen Sie denn, dass sich dafür auch nur irgendjemand interessiert?

ERSTER REPORTER Es sei denn, er trug seidene Unterwäsche. Trug er welche?

ERSTER REPORTER Und was ist mit den Buddha-Statuen? Köpfte er sie eigentlich selber?

*ZWEITER REPORTER macht eine Blitzlichtaufnahme von Raymond.*

JACOB Jetzt lassen Sie das endlich!

ERSTER REPORTER Die Nachfrage ist noch immer groß?

JACOB Was soll das? Bleiben Sie beim Thema!

DRITTER REPORTER O.k. Wie planen Sie die Beerdigung? Nach europäischer Zeremonie?

JACOB Es steht doch überhaupt nicht fest, dass Mr. Raymond tot ist.

ZWEITER REPORTER Und der Papagei, wird er das Requiem tanzen?

JACOB  Der hat Arthritis.

DRITTER REPORTER  Haben Sie mit so was nicht Erfahrung? Vierzehn Särge damals in Amerika, oder?

JACOB  Zwölf.

DRITTER REPORTER  Wird eine Obduktion stattfinden?

JACOB  Es gibt gar keine Leiche.

ERSTER REPORTER  Haben Sie die Story schon an die Warner Brothers verkauft? *Macht eine Blitzlichtaufnahme.*

JACOB *drohend:*  Was denn für eine Story? Verdammt! Wie oft soll ich es Ihnen denn noch sagen? Mr. Raymond ist nichts weiter als verschwunden. Sie können ihn doch nicht einfach für tot erklären ohne seine Leiche!

DRITTER REPORTER  Wieso? Ein Phantombild seiner Leiche haben wir bereits gedruckt, in der gestrigen Abendausgabe.

JACOB  Sind Sie total verrückt? Ich werde Sie verklagen!

DRITTER REPORTER  Ist gut. Ist gut. Wir widerrufen heute Abend und bringen dafür ein Foto seiner Hochzeit.

JACOB  Er hat nicht vor zu heiraten.

DRITTER REPORTER  Nicht? Na, macht nichts. Wir widerrufen das dann übermorgen.

JACOB  Sind Sie verrückt? Verlassen Sie sofort mein Haus! Wir können gut auf Ihre Mitarbeit verzichten.

ERSTER REPORTER *empört:*  Wieso? Wir helfen schließlich aufzuklären.

JACOB    Dann berichten Sie gefälligst über sein Verschwinden! Und das mit allen wichtigen Informationen.

ZWEITER REPORTER    Das hatten wir schon gestern Morgen.

ERSTER REPORTER    Wiederholungen langweilen den Leser.

DRITTER REPORTER   Wir bieten schließlich Qualität.

JACOB    Dann halten Sie die Schnauze und hauen Sie endlich ab! Raus! Verschwinden Sie! *Wirft die Reporter hinaus.*

*Blitzlicht.*


*ZWEITE SZENE*


HELEN *kommt*:  Was für ein Lärm! Wo sind die Herren von der Presse?

JACOB  Ich habe Sie rausgeworfen.

HELEN    Dumm von dir! Die Presse muss man nutzen. Gerade jetzt! Raymond konnte das.

JACOB  Dann soll er's gefälligst jetzt auch selber machen.

HELEN  Glaubst du, dass er noch lebt?

JACOB  Natürlich. Schokolade fehlt.

HELEN  Du meinst, er ist bewusst gegangen?

JACOB  Ja.

HELEN    Mir wär es unerträglich, wenn er jetzt auch noch...

18

JACOB   Natürlich lebt er. Sonst hätte er die Schokolade hier gelassen.

HELEN   Vielleicht. Er war den ganzen Vormittag so ungeduldig. Möglich, dass er jemanden treffen wollte. Du weißt ja, er hatte immer Pläne.

JACOB   Sein Grundprinzip, ich weiß. *Seufzt*: Und nun auch noch das Dienstleistungsgewerbe!

HELEN   Aber vielleicht hatte er ja auch eine von seinen Blasensteinattacken, der Arme. Dann liegt er jetzt ganz allein im Urwald mitten zwischen Königskobras und giftigen Fröschen.

JACOB   Red keinen Blödsinn! Wer Schokolade hat, den beißen keine Frösche, jedenfalls nicht in diesem Land. *Tippt sich an die Stirn*: Giftfrösche! Wo hast du das denn her?

TINY   *kommt mit einem blauen Frosch auf dem Strohbesen*: Ihh, schaut euch das an! Dies blaue Vieh habe ich im Garten gefunden.

HELEN   *sieht Jacob an*: Ich denke, in diesem Land gibt's keine Giftfrösche!

TINY   Gibt es ja auch nicht. Aber Jacob ist doch letzte Woche erst aus Südamerika zurückgekommen.

HELEN   Hast du ihn mitgebracht von deiner Reise?

JACOB   Wie absurd ist das denn! Dieses dumme Gör...

HELEN   Beruhige dich!

JACOB   *nimmt Tiny den Besen samt Frosch weg. Geht hinaus, um das Tier zu beseitigen. Im Gehen*: Gib her! Der ist gar nicht giftig.

TINY   *ihm hinterher*: Natürlich ist er es. *Zu Helen*: Seltsam, oder? Jacob konnte Raymond nie richtig leiden.

HELEN  Tiny, du sprichst von meinem Mann!

TINY  Ich denke, du bist meine Freundin?

HELEN  Das bin ich auch. Und darum rat ich dir: Halt dich zurück!

TINY  *verständnislos*: Ich hab doch aber recht.

HELEN  Halt dich da raus!

JACOB  *kommt zurück. Über Tiny:* Dummes Ding!

HELEN  Du weißt, dass der Inspektor kommt?

*TINY verlässt den Raum.*

HELEN  Er müsste eigentlich schon hier sein.


*DRITTE SZENE*


*Später am selben Tag. Hagerer, äußerst korrekt wirkender und damit in seiner Erscheinung das absolute Gegenteil zu den Reportern darstellender INSPEKTOR tritt durch die Tür, ein Meerschwein auf dem Arm. In seiner steifen Haltung ähnelt er Jacob.*

INSPEKTOR  Da bin ich!

HELEN  Gut, dass Sie da sind, Inspektor!

JACOB  Gibt's was Neues?

INSPEKTOR  *auf das Meerschwein deutend*:  Mein Kollege und ich haben alles im Griff. *Fasst das Meerschwein fester.*

JACOB  Sie haben einen Hinweis?

INSPEKTOR  Es gibt keine Spuren. Wir haben alles abgesucht.

20

JACOB  Tatsächlich? Nicht mal ein Stück Stanniolpapier?

INSPEKTOR  Nichts. Auch kein Stanniolpapier.

HELEN  *verbessert Jacob*:  Raymond würde sein Papier auch niemals wegwerfen.

INSPEKTOR  Sehr vernünftig. Man raucht nicht im Urwald.

JACOB  Sie vermuten ihn im Urwald?

INSPEKTOR  Nein. Unsere Arbeit ist korrekt.

HELEN  Wo soll er denn sonst sein? Schließlich ist er schon seit Sonntag verschwunden. So was ist nicht seine Art.

*INSPEKTOR zuckt die Schultern.*

HELEN  Es gibt hier doch Fallgruben - oder Höhlen. Zum Beispiel die beim großen Wasserfall.

JACOB  Woher kennst du die denn?

HELEN  Er kann doch nicht so einfach vom Erdboden verschwunden sein.

INSPEKTOR  Das glauben mein Kollege und ich allerdings auch nicht.

JACOB  Und wo soll er dann sein?

INSPEKTOR  Halten Sie ihn bitte mal! *Gibt Helen das Meerschwein, die es mütterlich hält und streichelt. Zückt sein Notizbuch, in das er im Folgenden zu den erfragten und genannten Namen einiges einträgt.* Hatte er Freunde?

HELEN  Natürlich! Eine Menge.

JACOB  Kein Mensch hat echte Freunde.

INSPEKTOR Vermutlich. Wen kannte er?

JACOB Den Premierminister, den König... Der hat ihn allerdings fallenlassen.

INSPEKTOR Weshalb?

JACOB Ineffektivität des Unternehmens. Das hat selbst der bemerkt. Ansonsten haben Monarchen selten eine eigene Position der Wirtschaft gegenüber.

INSPEKTOR Was meinen Sie damit?

JACOB Sie können oder wollen vieles gar nicht sehen. Meist handeln sie dann kopflos, um wenigstens zum Schein zu handeln.

INSPEKTOR Die beiden waren also nicht immer einer Meinung?

JACOB Nein. Als Jugendlicher hatte der König mal was vom Hippiekult gehört und stellte Fragen zu Karl Marx. Inzwischen hat er sich jedoch davon völlig distanziert. Die Angst vorm Ausland, wissen Sie. Aber der Minister für Kultur ist Raymond noch treu.

HELEN Haben die sich letzte Woche nicht gestritten? *Zum Meerschwein, das sie mütterlich liebkost:* Gussi, gussi, gussi.

INSPEKTOR *zu Helen:* Lassen Sie das mal! Mein Kollege mag das nicht.

JACOB Da verwechselst du was. Die Buddhas...

INSPEKTOR Danke! Das reicht.

HELEN Keinesfalls. Da gibt es noch die Landarbeiter aus den Bergen, genauer gesagt, ihre Frauen und auch ihre Töchter. Mit denen war er gut befreundet.

JACOB Das interessiert den Inspektor doch nicht.

HELEN  Wieso? Raymond ist beliebt. Sein Charisma! Frauen waren da schon immer viel sensibler.

INSPEKTOR  Traf er sich auch mit Marco Polo?

JACOB  Wer ist Marco Polo?

INSPEKTOR  Der Erfinder des Monopoli.

JACOB  Nein, ich glaube nicht, dass er ihn kennt.

INSPEKTOR  Und Prodhum, den Königsvater-Mörder? War er mit dem nicht sogar recht eng?

JACOB  Der ist längst ins Exil gegangen - zu den Chinesen.

INSPEKTOR  Natürlich. Ich hab gerade nicht daran gedacht. *Nimmt Helen das Meerschwein wieder ab, die es nur ungern hergibt.* Ich kann ihn jetzt wieder nehmen.

JACOB  Sie meinen, Raymond ist gar nicht mehr im Land?

INSPEKTOR  Das könnte sein.

HELEN  Unmöglich! Soviel Schokolade hat er nun wieder auch nicht mitgenommen. Außerdem hat er sein Impfbuch vergessen.

INSPEKTOR  Hatten Sie mir am Telefon nicht was von einem Taxi erzählt?

JACOB  Es gibt hier hin und wieder Taxis. Das ist aber nichts Ungewöhnliches. Manchmal transportieren sie die Schläger vom Flugplatz ins Golfhotel, manchmal die Damen vom Golfhotel zum Flugplatz.

HELEN  Haben Sie denn Spuren entdeckt?

INSPEKTOR  Nein. Unsere Arbeit ist korrekt. Ich sagte es bereits. Ist Ihnen etwas an seinem Verhalten aufgefallen, bevor er verschwand?

JACOB  Nein.

HELEN  Er war vielleicht etwas unruhig.

INSPEKTOR  Sehen Sie!

JACOB  Was?

INSPEKTOR  Er wird auf das Taxi gewartet haben.

JACOB  Blödsinn! Wo sind denn dann die Reifenspuren?

INSPEKTOR  Das ist natürlich etwas ungewöhnlich, ich geb es zu. So ungewöhnlich nun aber auch wieder nicht. Manchmal hinterlässt jemand eben keine Spuren.

JACOB  Was wollen Sie jetzt tun?

INSPEKTOR  Falls es Sie beruhigen sollte, können wir ja weitersuchen. Aber wenn Sie mich fragen, Mr. Raymond ist nicht hier. Unsere Arbeit ist korrekt. *Geht ab.*


*VIERTE SZENE*


HELEN  Was meinte der Inspektor? Warum verbiss er sich in dieses Taxi?

JACOB  Raymond könnte mal wieder was geplant haben und zurück gefahren sein. Oder vielleicht ist er ja auch entführt worden.

HELEN  Natürlich! Den Triaden ist das Unternehmen lange schon ein Dorn im Auge. Und genau deshalb haben sie Raymond entführt.

JACOB  Das wissen wir doch gar nicht.

HELEN  Vielleicht würde es dir sogar in den Kram passen.
Du legst dich doch schon lange mit ihm an.

JACOB  Du weißt ja auch, warum. Mohnblume ist fast
bankrott und er beharrt borniert auf seinen Plänen.

HELEN  Was ist daran so falsch?

JACOB  Dann mach doch mal die Augen auf! Statt
Gleichstellung und Glück herrscht Anarchie und
Armut, Faulheit und Betrug! Glaubst du denn, es
gibt noch einen, der heute seinen Plan erfüllt? Kein
einziger Schneekönig mehr! Aber Raymond ist blind.

HELEN  Wie gut, dass du immer alles besser weißt.

JACOB  Wir müssen retten, was zu retten ist.

HELEN  Und wie?

JACOB  Radikale Umstrukturierung und Gang an die
Börse. Unsere letzte Chance!

HELEN  Bewusst zerstörst du damit Raymonds
Lebenswerk. Seine ganze Philosophie...

JACOB  Sachlichkeit hat dir noch nie gelegen.

HELEN  Lenk nicht ab! Du hast dich doch immer nur fürs
Geschäftemachen interessiert. Solange die Genossenschaft was einbringt, gut. Wenn nicht, dann lässt du
alle Ideale fallen.

JACOB  Bleib doch bloß mal realistisch!

HELEN  Das bin ich doch. Genau deshalb, weil der
Betrieb gerade mal nichts einbringt, willst du dich
am Besitz der armen Werktätigen vergreifen. Da
kommt dir Raymonds Verschwinden völlig recht.

JACOB   Red' keinen Blödsinn! Wenn Raymond wieder da ist, werden wir das klären.

HELEN   Die Firma meines Vaters! Das wär's für dich gewesen!

JACOB   Ich war entsetzt über den Unfall. Wie alle.

HELEN   Meine arme Familie! Was für ein Tod! Und was für ein Glück, dass wir damals den Zug verpasst hatten.

JACOB   Ja, das war tatsächlich unser Glück. Sonst hätten wir am Familienessen teilgenommen.

HELEN   Nie im Leben werde ich mehr Pilze essen. Manchmal hatte ich allerdings den Eindruck, du warst nicht halb so entsetzt über ihren Tod gewesen wie über das Auftauchen von meinem Vetter.

JACOB   Fängst du jetzt auch noch damit an! *Reibt sich einen Fleck von der Hose.*

HELEN   Tiny hat ja vielleicht recht. Raymond stand dir in letzter Zeit im Wege.

JACOB   Was für ein Blödsinn!

HELEN   Warst du nicht schon immer auf ihn eifersüchtig?

JACOB   Du hast dich doch für mich entschieden. Oder?

HELEN   Ja, natürlich. Entschuldige, wir sind wohl alle etwas überreizt. Raymonds Verschwinden steckt uns in den Knochen. Aber dass du Verrat begehst an seinen Idealen, unseren Idealen, das kannst du jetzt nicht leugnen.

JACOB   Doch nicht an allen. Das Sein bestimmt noch nach wie vor unser Bewusstsein. Und daraus folgt jetzt eben: Werbung! Leistung! Freier Markt und Kapital!

HELEN  Wie sollte das denn einen Mann wie Raymond überzeugen? Sein Leben hängt an der Genossenschaft. Außer sich würde er sein vor Wut. Du kennst ihn.

JACOB  Ich kenne seinen Fanatismus zur Genüge und weiß, wie aufbrausend er ist.

HELEN  Und dann handelt er ganz rigoros.

JACOB  Stimmt. Aber vielleicht brauchen wir uns darum wirklich nicht mehr länger zu sorgen.

HELEN  Der Inspektor erwähnte einen Namen.

JACOB  Marco Polo.

HELEN  Den anderen.

JACOB  Prodhum, der Königsvater-Mörder?

HELEN  Was hatte Raymond eigentlich mit dem zu tun? Meinst du, er hat...? Das könnte doch sein, oder? Natürlich nur aus reinem Idealismus. Und wenn er jetzt in China wäre...

JACOB  Ich denke nicht. Aber lass, vor Jahren waren beide mal im gleichen Golfclub.

HELEN  Ach, der Inspektor hat sich da bestimmt verrannt. Und überhaupt: Fandest du seinen Kollegen nicht auch etwas merkwürdig?

TINY *kommt aufgeregt herein*:  Hat der Inspektor eine Spur?

JACOB  Er machte nicht den Eindruck.

TINY  Raymond kann von einem Tiger angefallen sein, natürlich nur, wenn es kein Frosch gewesen ist.

JACOB  Dann hätten wir zumindest sein Skelett gefunden.

TINY  Das vom Frosch?

Jacob  Quatsch! Raymonds natürlich.

TINY  Man könnte es beseitigt haben.

HELEN  Wer sollte so was tun?

TINY  Jemand, der ein Interesse daran hat. *Blickt Jacob an.*

JACOB  Red keinen Unsinn!

TINY  Hast du nun so einen Giftfrosch eingeschmuggelt oder nicht?

JACOB *genervt*:  Ach, Kind, hör auf! Das ist mir jetzt zu blöd.

HELEN  Die Eingeborenen reden von Gespenstern hier im Urwald.

TINY  Geister?

HELEN  Was denkt ihr denn, weshalb das Cottage für uns so billig war? Gespensterglaube. Ganz eindeutig. In dieser Lage! Ein Ferienhaus!

JACOB  Weiter nichts als Aberglaube! Aber ich gebe zu, dass der manchmal recht nützlich ist.

TINY  Natürlich gibt es Geister, böse Geister.

JACOB  Blödsinn! Im übrigen sollten wir im Garten Mohn anpflanzen, nur so zur Zierde. Genau das Richtige in diesem Klima.

TINY  Warum spielst du nur immer alles runter, Jacob? Natürlich gibt es Geister.

JACOB  Und die haben unseren armen Raymond umgebracht, was?

HELEN  Apropos Geister: Clarence  kommt noch heute Abend.

TINY  Der berühmte Hellseher?

HELEN  Wie ihr wisst, hat er von Raymonds Verschwinden schon in der New York Times gelesen.

JACOB  Dass du ihn angerufen hast, hatte ich von Anfang an für völlig überflüssig gehalten. Aber ich dachte nicht, dass er sich dann sofort ins Flugzeug setzt.

HELEN  Sei lieber froh, dass er gleich zugesagt hat. Wie spät haben wir es?

TINY  Die Sonne geht schon unter.

HELEN  Oh, dann kommt er ja schon bald.


*FÜNFTE SZENE*


*Später. CLARENCE, tuntenhaft aufgetakelter Endsechziger, kommt durch die Tür, die Glamourwelt eines Varietees als Aura um sich verbreitend.*

CARENCE  *mit ausgebreiteten Armen*:  Hallo, meine Freunde! *Bussi für Helen, Bussi für Tiny, macht Anstalten, verkneift sich dann jedoch das Bussi für Jacob.* Ich bin entzückt und stelle Ihnen bei der Suche meine Dienste herzlich gerne zur Verfügung.

TINY.*ihn bewundernd*:  Wie gut! Ein Bomoh bei uns! Sie finden Raymond ganz bestimmt, Mr. Clarence.

JACOB  Er wird uns weiter nichts als ausnehmen. *Zu Helen*: Das Flugticket hast du bestimmt schon bezahlt.

HELEN  Natürlich.

JACOB *Geht an das Regal, nimmt eine Flasche und Gläser. Zu Clarence*: Einen Cognac? Importware.

CLARENCE Sehr gern. *Streckt seine Hand schon aus.*

JACOB Trinken Sie ihn mit Bedacht! Er kostet hier im übrigen das Fünffache.

CLARENCE Das brauchen Sie nicht zu betonen. Ich fühle, dass der Cognac von weit her kommt.

*JACOB gießt ein.*

CLARENCE Diese Schwingungen! Ich sehe grüne Hügel, Sonne, einen Fluss - Moment! - Ich hab es: Frankreich! *Trinkt.*

HELEN Phänomenal! Er versteht sein Handwerk.

*JACOB rollt mit den Augen.*

TINY Wo ist er denn nun, Mr. Clarence? Wir sind total verzweifelt.

HELEN Wir suchen unseren Freund seit Sonntag, wie Sie wissen.

CLARENCE Vielleicht noch einen? *Hält Jacob das Glas hin.*

*JACOB gießt widerwillig ein.*

CLARENCE Danke! *Trinkt.* Ich habe meine Kugel nicht dabei. Haben Sie irgendetwas Passendes?

JACOB An Ostern gibt's nur Eier.

HELEN Das Goldfischglas?

CLARENCE Das könnte gehen.

*HELEN stellt vor ihn das Goldfischglas.*

*CLARENCE fixiert das Glas wie eine Hellseherkugel:* Und jetzt seien Sie bitte ruhig! Ich muss mich konzentrieren. – Ich sehe... - Vielleicht erst noch einen Cognac? - Ich sehe...

*JACOB überhört die Bitte.*

TINY  ...einen blauen Frosch?

HELEN  Unterbrich den Meister nicht!

CLARENCE  Ich sehe einen Mann...

TINY  Raymond!

CLARENCE  Er ist reich. - Zwei Goldfische... Sehr reich.

TINY *entzückt:* Oh –

HELEN *enttäuscht:* Oh -

JACOB *triumphierend:* Er hat die Wirtschaftsspalte in der Zeitung nicht sorgfältig gelesen.

CLARENCE  Nein... Halt!... Zwei... Ich sehe zwei Männer... oder doch nur einen? Es ist ein bisschen undeutlich.

HELEN  Ja?

*JACOB winkt ab.*

CLARENCE  ... im Wald... Dort wachsen Pilze.

HELEN *reagiert verwundert:* Unglaublich.

JACOB  Was für ein Schwachsinn! *Entfusselt sich.*

HELEN  Unterbrich ihn doch nicht!

CLARENCE *verärgert:* Jetzt ist der Mann verschwunden.

*Böser Blick von HELEN.*

TINY  Versuchen Sie es noch mal! Bitte!

CLARENCE  Er ist verschwunden. - Hier am Ostersonntag.

HELEN  Genau!

JACOB *zu Helen*: Das hast du ihm doch ausführlich am Telefon erzählt.

CLARENCE  Er hat seine Schokolade vergessen...

JACOB *zu Helen*:  Also, siehst du?

CLARENCE  Nein, warten Sie! Er ging noch mal zurück und holte sie.

HELEN *zu Jacob*:  Du Skeptiker!

CLARENCE  Seien Sie bitte ruhig! Ich kann mich nicht konzentrieren.

HELEN  Ruhe! Der Meister kann sich nicht konzentrieren!

TINY  Pst!

CLARENCE  Raymond! Halt! Jetzt! Ich sehe... Ich kann ihn sehen.

HELEN  Toll!

TINY  Toll!

CLARENCE  Undeutlich. *Hält sein leeres Glas Jacob hin*: Ach, sind Sie noch einmal so nett?

*JACOB gießt widerwillig ein.*

CLARENCE  Raymond, mein Freund! Raymond! Hören Sie uns? Wir sind hier alle sehr besorgt um Sie.

HELEN  Er kann Gedanken lesen.

TINY  Natürlich.

CLARENCE  Raymond! Hier! *Hebt das Goldfischglas in die Höhe.* Raymond! Geben Sie uns ein Zeichen!

HELEN und TINY  Raymond!

*JACOB fasst sich an die Stirn.*

*CLARENCE steht mit erhobenem Goldfischglas auf, schaut zum Glas, geht wie in Trance mit dem Glas durch den Raum. Die FRAUEN verfolgen gespannt jede Bewegung von ihm.*

JACOB  Und nun?

HELEN  Unterbrich ihn nicht!

CLARENCE  *setzt sich völlig erschöpft:*  Er lebt. *Nimmt einen der beiden Goldfische aus dem Glas und hält ihn triumphierend in die Höhe.*

*TINY beglückt:*  Er lebt!

ERSTE SZENE

*Jahre später. Früher Nachmittag. Salon im Stadthaus von Raymond. Elegante Teakeinrichtung. Uhr, Ventilator, Esstisch mit Stühlen, Schreibtisch mit Telefon, Buddha- und Boddhisatva-Figuren, viele ohne Kopf, sowie einzelne Figuren-Köpfe im Regal . HELEN bestückt den für mehrere Personen gedeckten Tisch. Tauscht Platzkarten aus. JACOB wechselt sein Jackett gegen ein elegantes Designer-Jackett, setzt sich danach an den Schreibtisch und ordnet Papiere. Helen trägt ein dunkles seriöses Seidenkleid, unauffälligen Schmuck. TINY ist gekleidet wie sonst auch, aber in gedeckten Farben.*

TINY *kommt aufgeregt:* Habt ihr Birdy gesehen?

HELEN Warum?

TINY Er soll doch heute Abend das Requiem tanzen. Da muss er noch üben. *Rauscht wieder aus dem Zimmer.*

HELEN *schüttelt den Kopf:* Dieses Kind! - Meinst du, es ist richtig?

JACOB Natürlich! Es ist höchste Zeit. Raymond hätte einen Weg gefunden, uns zu benachrichtigen, wenn er noch am Leben wäre.

HELEN Ich weiß nicht.

JACOB Hundertprozentig. Nie gab es eine Forderung nach Lösegeld.

HELEN Und der Amerikaner, der ihn im vorigen Jahr gesehen hat?

JACOB Der hat sich getäuscht.

HELEN  Man könnte meinen, du willst gar nicht, dass er Raymond gesehen hat. In anderen Ländern müssten wir viel länger warten.

TINY *schaut kurz herein*:  Das dumme Vieh ist nirgendwo zu finden.

JACOB  Schau in der Speisekammer nach!

*TINY geht beleidigt.*

HELEN  Und wenn er doch noch lebt? Denk an das Taxi!

*Telefonklingeln.*

JACOB *hebt ab*:  Ja? - Wie bitte? Der Nachlass? Warum? – Natürlich gibt es ein Testament. Ich sage Ihnen doch... Raymond war Amerikaner. Wie wir. - Sicher. Wir reden heute Abend darüber. - Ach! *Legt den Hörer auf. Zu Helen*: Helen, räum zwei Gedecke ab! Der Minister hat soeben abgesagt.

HELEN *räumt ab*:  Verstehst du das?

JACOB  Diese Leute sind empfindlich.

HELEN  Was war das mit dem Testament?

JACOB  Aberwitzig! Ich sage dir: völlig aberwitzig! Im Namen des Königs erhebt er Anspruch auf Raymonds Erbe. Ganz schön dreist, was? Nach all der Enttäuschung, die sie ihm am Hof bereitet haben!

HELEN  Raymond würde sich im Grabe umdrehen, wenn er eines hätte.

JACOB  Vorm Ausland spielten die sich damals als Moralapostel auf. Dass sie uns halbwegs unbehelligt ließen, geschah doch bloß wegen der Arbeitsplätze.

HELEN  Kein Wunder, dass sich Raymond auf die Buddha-Köpfe legen musste.

JACOB   Eben. Und jetzt, wo sich die Aktien auf dem Weltmarkt etabliert haben – nur dank unserer Poduktqualität, jetzt wollen sie sogar das Unternehmen konfiszieren.

HELEN   Können sie das denn so einfach?

JACOB   Natürlich nicht.

HELEN   Aber sie haben das Militär.

JACOB   Was nützt ihnen schon ihr Militär. Ich habe schließlich Freunde. Wenn die ihnen keine Waffen liefern...

HELEN   Einen Anspruch hat der König wirklich nicht. Will er denn das Unternehmen stilllegen?

JACOB   Natürlich nicht. An die Aktien will er. Und dann wird er spekulieren.

HELEN   Dieser Egoist! Will sich einfach Raymonds Unternehmen unter den Nagel reißen! Machst du das nicht eigentlich auch?

JACOB   Bei mir ist's eine Notmaßnahme.

HELEN   Raymond würde ihn beseitigen, wenn er das wüsste.

JACOB   Natürlich würde er das.

HELEN   Wie damals dieser Prodhum seinen Vater?

JACOB   Genauso. Du kennst ja sein rigoroses Wesen.

HELEN   Wie ein junger Löwe! So kraftvoll!

JACOB   Es ist schon besser, dass er tot ist. Für uns alle. Und mit dem König werden wir auch selber fertig.

HELEN   Vielleicht ein paar kleine Geschenke...

JACOB *lehnt sich im Schreibtischstuhl zurück. Euphorisch:* Ach, Helen, es gibt ihn noch, den amerikanischen Pioniergeist! Wenn ich erst mal mit meinem eigenen Namen zeichne...

HELEN  Das tust du doch. Du bist ja jetzt im Vorstand.

JACOB  Ich meine richtig. Und dann... Ich sage nur: Modernisierung und Marktanpassung, Globalisierung und Vernetzung! Das sind die Zauberworte.

HELEN  Hast du das denn nicht schon durchgesetzt?

JACOB  Ich kann das weitaus effektiver, wenn mir die Firma erst einmal gehört.

HELEN  Und die anderen?

JACOB  Für die ist das egal. Ich bleib für sie der Boss. Nur ab jetzt eben richtig.

HELEN  Raymonds Bild hättest du wenigstens hängen lassen sollen. Schon wegen der Pietät.

JACOB  Ich habe diesen Kult noch nie gemocht. Wenn's wenigstens ein Gruppenbild gewesen wäre.

HELEN  Hast du eigentlich das Testament gesehen? Raymond hatte nie davon gesprochen.

JACOB  Sicher.

HELEN  Und?

JACOB  Was und?

HELEN  Was steht drin?

JACOB  Was soll schon drinstehen? Er macht mich zum Erben. Ich war schließlich sein bester Freund.

HELEN  Ja, und?

JACOB  Was und?

HELEN  Wo ist es?

JACOB  Ich schätze, er hat es mitgenommen.

HELEN  Das kann ich mir nicht denken. Irgendwo wird es
schon sein.

TINY *kommt herein:* Der Papagei ist unauffindbar.

HELEN  Wir müssen suchen.

TINY  Das habe ich schon überall getan.

HELEN  Nicht den Vogel, Kind! Ein Testament!

TINY  Ein Testament von Raymond? Komme ich auch drin
vor?

HELEN *leicht dahin:* Ja, sicher. Nun hilf uns mal!

*JACOB durchsucht pro forma, aber lustlos die Unterlagen
auf dem Schreibtisch. HELEN schaut unter den Regalen
nach, weist Tiny an, genauer zu suchen. TINY dreht die
Statuen um, die sie dann jedoch eher bewundernd und
ehrfürchtig betrachtet.*

*Klingeln.*

TINY  Ich geh schon. *Verlässt den Raum. Kommt mit der
Post zurück.*

JACOB  Zeig her! *Nimmt Tiny die Post aus der Hand.* Ein
Telegramm?  Aus  dem  Ausland?  *Öffnet  das
Telegramm und liest.* Raymonds Familie. Sie kommt
nicht zu unserer kleinen Feier.

TINY  Schade!

HELEN  Aber  warum  das  denn?  Sie  haben  doch
ausdrücklich zugesagt. Wir hatten alles schon am
Telefon besprochen.

JACOB   Sie haben plötzlich viel zu regeln. Raymonds Neffe wurde umgebracht.

TINY   Oh!

HELEN   Schrecklich! Es ist ja so schrecklich, wenn man seine Liebsten verliert. Hat man denn schon seine Leiche?

JACOB   Weiß ich nicht. Sie schreiben nichts davon.

HELEN   Was steht sonst noch im Telegramm?

JACOB   Die Erbschaft...

HELEN   Du meinst das Testament von Raymond.

JACOB   Anfechten werden sie's. Du kennst doch dieses gierige Pack. Selbst demonstrierten sie mit uns im Central Park. Und als dann Vietnam vorüber war, da schickten sie das Kind zur Army.

HELEN   Wollten sie damit nicht nur den Großvater etwas aufmuntern? Sein Sterben im Bett war ihm so peinlich.

JACOB   Ach was! Das Erbe wollten sie sich sichern von dem alten Patrioten. Und jetzt wollen sie natürlich an das Kapital von Raymond 'ran.

HELEN   Das hast du doch erst geschaffen.

JACOB   Richtig. Zunächst einmal würde dann ihr Sohn der Erbe sein.

HELEN   Was? Der Tote?

JACOB   Sie haben nur den einen. Und deshalb sind sie dann die Erben ihres Sohnes.

HELEN   Verstehe! Siehst du jetzt, wie wichtig es ist, das Testament zu finden? Was Raymond einst aus reinem Idealismus schuf, das würden die doch nur verscherbeln.

JACOB  Genau dem wollte er ja vorbeugen.

HELEN  Du meinst, mit dir?

JACOB  Du hast's erfasst. Inzwischen gibt's tatsächlich was zu holen. Verdammte Leichenfledderer!

HELEN  Und erst dieser Neffe, dieser kleine verzogene Bengel! Gott hab ihn selig!

JACOB  Raymond konnte ihn nie leiden.

HELEN  Erinnerst du dich? Immer wenn wir seine Eltern mit zur Schulung nehmen wollten, bekam er Durchfall.

JACOB  Mit Absicht.

HELEN  Natürlich, um die Revolution zu verhindern.

JACOB  Aber Raymond durchschaute ihn. Und Raymond war schon immer nachtragend.

HELEN  Du meinst, er könnte vielleicht der Mörder seines Neffen sein?

JACOB  Warum nicht? Er musste doch verhindern, dass so ein Früchtchen sich einmal zum Erbanspruch erdreistet.

HELEN  Noch dazu eins von der Army!

TINY *erfreut*:  Dann müsste Raymond ja noch leben.

JACOB  Stimmt! Zumindest bis vor kurzem. Ich glaube, es ist doch weitaus sinnvoller, die Toten ruhen zu lassen.

TINY  In einer Familie darf man sich nicht gegenseitig umbringen. *Lustlos weitersuchend, aber die Figuren*

40

*umsichtig heraus hebend*: Vielleicht haben das Testament ja die Chinesen.

JACOB *sie nachäffend*: Vielleicht ist ja auch dein Vogel mit ihm fortgeflogen.

HELEN Wie witzig!

TINY Oh, der Vogel!

HELEN Ich schau mal nach. Er muss doch aufzufinden sein. Jacob, kommst du mit?

*HELEN und JACOB verlassen den Raum.*


ZWEITE SZENE


TINY *wartet, bis beide weg sind. Dann nimmt sie aus den Regalen einen der Bodhisattvas, stellt ihn auf den Schreibtisch, blättert in einem kleinen Telefonbuch, das sie bei sich hat, hebt den Hörer ab, wählt, telefoniert. Gewichtig:* Hallo? Ich möchte Direktor Kleven sprechen. - Gut, ich warte. *Entstaubt die Figur. Wartet ungeduldig.* Hallo! - Nein. Direktor Kleven von der Centralbank. - Ja... *Wartet ungeduldig.* Ja. - Mrs. Wallerston.

*JACOB kommt zurück. Als er Tiny am Schreibtisch sieht, bleibt er jedoch hinter der Tür stehen und belauscht das Gespräch.*

TINY Hallo! Mr. Kleven? Mr. Kleven von der Centralbank? Hier ist Mrs. Wallerston. *Mit Nachdruck*: Mrs. Raymond Wallerston! - Ja, ja, sicher. - Früher... Mein Mann... Deshalb rufe ich Sie ja jetzt an. - Wir haben den Verkauf nicht abgebrochen, nur unterbrochen, un-ter-bro-chen. - Ja. Sie müssen das jetzt mit mir machen. - Natürlich. Wie immer. - Buddhas? Nicht im Augenblick. Aber schöne Bodhisattvas. - Einen Kopf? *Nimmt einen Kopf aus dem Regal.* Gut. Sie

schicken jemanden? Es ist ein sehr wertvolles Stück.
– O.k. *Legt auf.*

*JACOB kommt herein.*

TINY *überrascht, lässt den Bodhisattva-Kopf fallen*: Oh,
Jacob!

JACOB  Bist du total verrückt?

TINY *unsicher*:  Ja - Entschuldige! Tut mir schrecklich
leid. Wirklich.

JACOB  Was war das für ein Anruf?

TINY  Gar nichts.

JACOB  Mit wem hast du da telefoniert?

TINY  Mit niemandem.

JACOB  Führst du Selbstgespräche am Telefon?

TINY  Nein.

JACOB  Also? Wer war das?

TINY  Kle-, Kleven –

JACOB  Wer?

TINY  Bankdirektor Kleven - aus Amsterdam.

JACOB *zeigt auf den Bodhisattva-Kopf*:  Was willst du mit
dem Kopf?

TINY  Nichts.

JACOB  Lüg mich nicht an. Ich hab's gehört.

TINY  Die Bank wollte den Boddhisattva kaufen.

JACOB  Von dir?

TINY Von... von Raymond. Und weil Raymond ja nicht mehr da ist...

JACOB Ja, natürlich, du bist ja Mrs. Wallerston.

TINY Natürlich nicht. Aber ich dachte...

JACOB Was dachtest du? Liegst uns hier auf der Tasche, und zum Dank stiehlst du uns die Figuren unterm Hintern weg. Aber nicht mit mir! Nicht mit mir.

TINY Jacob, mein Vater hat vor kurzem meine Mutter sitzenlassen. Sie ist krank, todkrank! Meine Familie...

JACOB Lass mich doch bloß damit in Ruhe! Hier haben alle immer Familie!

TINY Meine Brüder sind doch noch zu klein. Und meine Schwester, die ist schwanger.

JACOB Und deine Großmutter hat Aids, oder?

TINY Der Japaner hat sie rausgeworfen, bei dem sie gearbeitet hat. Was soll ich denn tun? *Schluchzt:* Wir brauchen das Geld. Und seitdem Raymond verschwunden ist...

JACOB Könnt ihr denn nie genug bekommen?

TINY Jacob! Raymond hat das doch auch getan. Das mit den Buddhas.

JACOB Du bist nicht Raymond. Und auch nicht seine Witwe. Nur Helen hast du es zu verdanken, dass du bei uns bleiben konntest. Aber das ist der Gipfel.

TINY Willst du mich denn auf die Straße werfen?

JACOB Wie naiv du bist.

TINY Wieso?

JACOB  Du bist eine Diebin.

TINY  Bitte, Jacob! Doch nicht die Polizei!

JACOB  Was denkst du denn?

TINY  Jacob, nicht!

JACOB  Das hier ist Hochverrat: Kulturgüter außer Landes bringen. Darauf steht lebenslänglich. Vielleicht kostet es ja sogar den Kopf.

TINY  Jacob, bitte! Nicht! Bitte!  *Da Jacob nicht reagiert, wirft sie sich hündisch auf den Boden und bietet sich an:* Du kannst mich haben.

JACOB  Bist du total verrückt?

TINY  Immer wenn du möchtest! Ich tue alles.

JACOB  Doch nicht mit einer vom Gewerbe!

TINY  Ich habe nie außer Raymond... ganz selten nur. Ich wollte doch Tempeltänzerin...

JACOB  Lass meine Beine los!

*TINY klammert verzweifelt.*

JACOB  Lass los!  *Stößt sie von sich:*  Das ist ja widerlich!

TINY  *jammert:* Jacob! *Klammert erneut.*

*JACOB will sie erneut wegstoßen.*

HELEN  *kommt hinzu:* Was machst du denn mit diesem armen Kind? Bist du von Sinnen?

*TINY heult, wird von HELEN umarmt und getröstet.*

JACOB  Weißt du, was dieses durchtriebene Gör gerade wollte?

HELEN    Das weiß ich nicht. Ich könnte mir aber durchaus denken, was du wolltest.

*TINY heult.*

HELEN    Armes Kind! Zum Glück muss Raymond das nicht mehr erleben.

*DRITTE SZENE*

*Später. JAKOB und HELEN im Raum. Klingeln.*

JACOB *geht zur Tür:* Sie?

*Kommt mit JASMINE zurück, der man ihr Gewerbe bereits an ihrer figurbetonten schwarzen Lederkleidung ansieht. Die fünfzigjährige Domina ist auf jung geschminkt. HELEN wirkt hausbacken. JACOB gibt sich wie immer hölzern arrogant.*

HELEN  Ach, ihr kennt euch?

JACOB  Geschäftlich.

HELEN *erstaunt:* So?

JACOB *über Jasmine:* Vom Gewerbe. Siehst du doch. Das Parfüm! Der Hintern! Sie versorgt die halbe Stadt.

HELEN *spitz:* Ach! Und deine Rolle? Was ist deine Rolle dabei?

JASMINE  Lassen Sie! Es ist tatsächlich rein geschäftlich. *Zu Jacob:* Ich brauche jetzt Geld.

JACOB  Sie haben doch vor zwei Wochen erst...

JASMINE  Es reicht nicht, wenn wir die Sache richtig aufziehen. Die Mädels wollen schließlich eingekleidet sein.

HELEN *misstrauisch*: Jacob? Hälst du dir jetzt einen Harem?

JASMINE  Es ist wirklich rein geschäftlich. Als Geschäftsführerin Ihres Mannes...

HELEN  Wie bitte? Seit wann denn das?

JASMINE  Seit der Fusion.

*HELEN blickt Jacob fragend an.*

JACOB  Du weißt doch: Investition und Expansion.

JASMINE  Freier Wettbewerb und individuelle Selbstentfaltung. *Knöpft ihr Oberteil auf.*

JACOB  Kapitalkonzentration und Zentralisierung. *Knöpft Jasmine linkisch das Oberteil wieder zu.*

JASMINE  Angebot und Nachfrage. *Entblößt sich nochmals, um Jacob zu provozieren.*

JACOB  Machen Sie das zu!

HELEN  Was soll das?

JACOB  Na ja... *Entfusselt sich.*

HELEN  Was?

JACOB  Ich bin noch nicht dazu gekommen, es dir zu erzählen. Alles war so turbulent. Wir haben expandiert. Das neue Unternehmen umfasst ab jetzt zwei Branchen: die alte wie bisher und diese neue mit dem Namen Pfirsichblütchen.

JASMINE  Ihr Mann hat mit mir zusammen jetzt auch alle Huren unter sich, sozusagen.

HELEN *lacht*: Jacob...?

JACOB   Das waren sogar Raymonds Pläne schon gewesen.

HELEN *verärgert ironisch*:   Ist ja toll: mein Mann ein Zuhälter!

JACOB *beleidigt*: Unternehmer - mit gemindertem Risiko. *Zieht seine Krawatte fester.* Landwirtschaftliche Produktion und Dienstleistungsgewerbe: alles in einer Hand! Nur so was hat Zukunft. Natürlich sind wir nicht die Ersten, zugegeben. Und wie gesagt, daran hat damals auch Raymond schon gedacht.

HELEN   Doch nicht in diesem Sinne! Er sah die Arbeit immer als Bedürfnis.

JASMINE   Regen Sie sich nicht auf, meine Liebe! Wir arbeiten noch immer nach unseren Bedürfnissen.

JACOB   Von Fähigkeiten abgesehen.

HELEN   Du musst es ja wissen.

JASMINE   Und nun zu Raymond. Es hat sich rumgespochen, dass er tot ist.

HELEN   Was hat das denn mit Ihnen zu tun?

JASMINE   Ich habe da gewisse Rechte.

HELEN   Wie bitte?

JASMINE   Ich kannte Raymond gut. Da habe ich einen Anspruch.

HELEN   Worauf?

JASMINE   Natürlich auf das Erbe.

HELEN   Lächerlich.

JACOB   Lächerlich.

JASMINE   Um meinen Anspruch auf ein Erbe zu beweisen, sehen Sie! *Zeigt den Ring an ihrem Finger.*

HELEN   Wie kommen Sie an diesen Ring? Der sieht ja aus wie meiner.

JACOB   Sein Markenzeichen. Ich habe schon immer gepredigt, du sollst ihn ablegen. Er ist nichts wert.

HELEN   Was meinst du damit?

JACOB   Er hat ganz sicher massenhaft davon verteilt. Aber irgendwie doch ziemlich sentimental, findest du nicht?

HELEN   *entgeistert zu Jasmine:*   Wie kommen Sie zu diesem Ring?

JASMINE   Raymond schätzte mich. Und ich, ich schätzte ihn. So manche Nacht verbrachten wir gemeinsam. Ich lehrte ihn die Grundstellungen des Kamasutra...

HELEN   *empört:* Nein!

JASMINE   ...und er mich das Kapital.

HELEN   Und dann haben Sie ihn ja vielleicht sogar umgebracht.

JASMINE   Was hätte ich denn davon?

JACOB   So falsch wäre das nun gar nicht. Wissen ist schließlich Macht. Er kannte immerhin die Stellungen des Kamasutra.

JASMINE   Jetzt übertreiben Sie das aber mit dem Privateigentum. Typisch! Raymond und ich, wir hatten immer schon gemeinsame Interessen.

HELEN   Den Joint?

JACOB   Du bist naiv!

JASMINE   Joint Venture, meine Liebe. Ein jeder zieht Profit aus dem Knowhow des anderen.

HELEN   Und wo bleibt Raymonds Ideal dabei?

JACOB   Du siehst es vor dir! *Weist auf Jasmine.* Er ist auf Leder umgestiegen. Kader in Leder!

HELEN   Niemals! Und jetzt machst du mit ihr Geschäfte, Jacob! Wie kannst du nur!

JACOB   Wir profitieren voneinander. Du hast das doch gehört.

HELEN   Schämst du dich nicht? Was macht ihr bloß aus unseren Idealen? Gleichheit - Freiheit - Heroin!

JACOB   Wieso? Die Grundgedanken sind immer noch die gleichen.

JASMINE   Bei Pfirsichblütchen gibt es absolute Gleichheit. Nehmen Sie zum Beispiel die von Stadt und Land. Wir alle machen's auf französisch, inzwischen selbst die aus den Bergen und den Teeplantagen.

HELEN   Und die Entmenschlichung zur Ware? All die armen Frauen müssen sich verkaufen an jeden Stinker, der da kommt.

JASMINE   Beruhigen Sie sich! Die Frauen sind beteiligt.

HELEN   Wieso? Die Produktionsmittel...

JASMINE   Die gehören noch immer ihnen selbst – irgendwie jedenfalls - im Grunde – nein, eigentlich schon.

HELEN   Und was ist mit den Nummern in den Massagesalons? Die müssen sie doch sicher abliefern.

JACOB *zu Helen:* Ich habe Buchstaben eingeführt. Das ist persönlicher, findest du nicht?

HELEN   Nur noch Verrat um mich herum! Ich kann's kaum glauben. Du Jacob... Das hätte ich niemals von dir gedacht. Und vielleicht sogar auch Raymond schon. Nein!

JACOB   Beruhige dich! Das Ideal der Gleichheit wird nicht angetastet.

JASMINE   Ihr Mann hat recht. Gleichheit für Mann und Frau sind garantiert. Verhandlungen über Männerbordelle laufen bereits. Dieser typische Beruf für Frauen wird in Zukunft auch allen Männern offenstehen.

JACOB   Danach denken wir dann an Lesben und Homosexuelle...

JASMINE   ...Hermaphroditen, Medusen, Zentauren, vielleicht auch mal ein Pegasus. Die absolute Gleichheit!

JACOB   Verstehst du jetzt, wie revolutionär das ist? Auch Lehrerin und Kinderkrankenschwester sollen Glück empfinden!

HELEN   Wenn Raymond bloß noch lebte! Der Ring? *Ergreift Jasmines Hand, um den Ring noch einmal ungläubig zu betrachten.* Niemals! Das glaub ich nicht.

JASMINE   Doch, er gab ihn mir vor vielen Jahren schon. Es war grad hier im Osten.

HELEN   Tiny, komm her! Lass mich jetzt nicht allein!

*JACOB im Begriff sich zu entfernen:* Ich suche jetzt besser mal das Testament.

JASMINE   Ein Testament? Wie interessant! Raymond hat ein Testament gemacht?

JACOB *im Gehen:* Das hat mit Ihnen nichts zu tun.

*VIERTE SZENE*

TINY *kommt unbefangen:* Ich bin Tiny.

JASMINE  Wir haben uns schon mal gesehen.

TINY  Wirklich?

JASMINE  Flüchtig. Jasmine Bisset.

TINY *neugierig:* Französin?

JASMINE  Nur zum Teil. Mein Großvater, ich kenn ihn nicht, war Amerikaner und schätzte die Französinnen wohl sehr. Das hat mir meine Mutter erzählt, die ihrerseits die Amerikaner sehr schätzte. Wegen der Schokolade. Sie wissen, die Rest-and-Recreation-Zeit.

HELEN *spitz:* Und Sie schätzen die Amerikaner wohl auch sehr?

JASMINE  Im Allgemeinen mag ich mehr die Schweizer. Raymond war da eine Ausnahme.

HELEN  Den Ring! Zeigen Sie ihr mal Ihren Ring!

*JASMINE streckt Tiny bereitwillig die Hand entgegen.*

TINY *ergreift Jasmines Hand:* Nein! Was machen Sie denn mit meinem Ring? Wo haben Sie den her?

HELEN  Was soll das denn jetzt? *Zu Tiny:* Du verwechselst das. Du meinst sicher meinen.

TINY  Aber ich habe doch auch einen. Damit du nicht böse bist, hab ich ihn nur nachts im Bett getragen. Das ist mein Ring! Sie haben ihn gestohlen!

JASMINE  Beruhige dich, mein Kind! Das ist nicht dein Ring. Und auch nicht der von Helen.

TINY  Natürlich ist es meiner. Warten Sie! *Rennt nach nebenan, kommt mit dem gleichen Ring zurück, hält ihn Jasmine unter die Nase:* Ich dachte schon, Sie hätten ihn gestohlen. Aber hier! Sehen Sie! Das ist doch merkwürdig.

HELEN  Du hast so einen Ring? Lass sehen! Der ist allenfalls so ähnlich.

JASMINE  Ein hübscher Ring. Und tatsächlich dem meinen wirklich ähnlich. Ähnlich, aber doch keinesfalls gleich.

HELEN  Siehst du, Madame Jasmine bestätigt es. Du hast so einen ähnlichen Ring. Und Sie, Sie haben auch nur einen ähnlichen. Auf den ersten Blick habe ich mich da tatsächlich täuschen lassen. Anders geht das ja auch gar nicht, denn den einzig echten Ring von Raymond, den habe ich. Den steckte er mir an bei unserem ersten Happening.

JASMINE  Dann schauen Sie lieber mal genauer hin! Meiner leuchtet sehr viel mehr. Und achten Sie auf das Farbspiel! Seine unglaubliche Strahlkraft...

TINY  Was sagst du da? Mein Ring hier, dieser, ist der wahre! Ein Ring ist schließlich Zeichen echter Liebe. Ich bin die einzige, die Raymond jemals wirklich liebte, richtig, meine ich.

JASMINE  Dass sie die einzigen sind, das denken alle, Kindchen! Aber darauf kommt es im Grunde gar nicht an.

HELEN  Eben! Raymond und ich, wir haben schon im Central Park gespielt. Der Fall ist somit sonnenklar. Damals nannte er mich seine Daisy.

JASMINE  Ein Blumenfreund. Unzweifelhaft.

HELEN  Außerdem bin ich Amerikanerin.

JASMINE  Was sagt das schon? Dass ich den echten Ring hier trage, ist offensichtlich. Ihre beiden Ringe, es tut mir leid, die sind nur wertlose Kopien. Das sieht ein Kenner auf den ersten Blick.

TINY  Aber mich liebte Raymond doch! Ein Ring ist Zeichen echter Liebe.

JASMINE  Da hast du gar nicht unrecht. *Hält die beringte Hand in die Höhe.* Er ist das Zeichen von Verbundenheit und von Vertrauen - privat sowie geschäftlich. Deshalb steht mir natürlich auch der Nachlass zu. Erkennen Sie das besser an! Wir könnten Freunde werden.

HELEN  Sie überschätzen sich. Ring her, Ring hin. Wir haben immerhin ein Testament. Und damit ist mein Mann der Erbe.

TINY  Entschuldige, nie würde ich dir in den Rücken fallen, das weißt du, aber hier hat Madame Jasmine nun wirklich recht. Wie sollte Jacob denn der Erbe sein, wenn er noch nicht mal so wie Raymond denkt?

HELEN  Er ist mein Mann. Und ich trage schließlich Raymonds Ring.

TINY  Das stimmt doch gar nicht! Madame Jasmine hat gerade gesagt, dass der nicht echt ist.

JASMINE  Ja. Regen Sie sich ab! Wer die wahre Erbin ist, das wird die Zukunft ohnehin erweisen. Erst einmal möchte ich jedoch dieses ominöse Testament sehen! Und zwar möglichst gleich.

HELEN  Wie unverschämt! Wie pietätlos! Raymond ist noch nicht mal unter der Erde.

JACOB *kommt aus dem Nebenzimmer mit einem Schriftstück, das er zum Trocknen durch die Luft wedelt*: Ich habe es gefunden.

JASMINE  Zeigen Sie es mir, Jacob! Wir sind schließlich Geschäftspartner.

HELEN  Jacob, wir sind verheiratet!

TINY  Jacob, du warst doch Raymonds Freund - und ich habe wirklich den echten Ring.

HELEN  Das glaubst du doch wohl selbst nicht!

TINY  Er leuchtet mehr als deiner!

HELEN  Du bist ja blind!

JACOB  Hört auf mit dem Theater!

JACOB  Ich bin der Erbe. Hier steht es schwarz auf weiß und ein für alle Mal. *Zeigt das Testament. Pustet, um es zu trocknen.*

JASMINE  Das will ich erst mal sehen! *Ergreift das Testament, das Jacob jedoch nicht loslässt, und liest.*

HELEN  Jacob, wirf sie raus!

TINY  Und kommen Sie ja nicht wieder her zu uns!

JASMINE  Zu uns? Ach, Kindchen! Hast du schon vergessen, wo du herkommst?

JACOB  Haben Sie sich nun überzeugt?

JASMIN  Wertloser Wisch! Soviel nur dazu. Sie werden von mir hören.

## SECHSTE SZENE

HELEN  Was will sie denn, Jacob?

JACOB  Du hast es doch gehört. Sie will ans Erbe.

HELEN  Kann sie das?

JACOB  Nein. Aber dass du diesen Talmi-Ring noch immer trägst, sogar nach Raymonds Tod, das nervt mich wirklich langsam.

HELEN  Aber Jacob! Wir waren damals alle frisch verliebt und sangen in der gleichen Krishna-Gruppe! So was bindet.

JACOB  Du bist zu sentimental.

HELEN  Und du bist ein Spießer.

JACOB  Mach, was du willst.

*Telefonklingeln.*

TINY *hebt ab:*  Ja? Ich sag Bescheid. *Stellt zwei Stühle weg.* Die Wongs haben abgesagt.

HELEN  Die auch? Versteh ich nicht. *Zu Jacob:* Nun zeig mir endlich mal das Testament in Ruhe!

*JACOB nimmt es vom Schreibtisch. HELEN liest.*

*TINY schaut Helen beim Lesen über die Schulter:*  Und wo bin ich?

JACOB *deutet auf die Stelle:*  Hier! Du bekommst den Papageien.

*HELEN liest vertieft weiter.*

TINY  Der ist doch verschwunden.

JACOB  Der Zeitwert wird dir ausgezahlt.

TINY  Was bekommt man für einen Papageien?

JACOB  Weiß ich nicht. Hängt von der Nachfrage ab.

TINY  Und ein Snowboard krieg ich auch, ja? Und für meine Großtante einen Eierkocher, und für den Schwager meiner Schwester ein elektrisches Messer, und...

JACOB  Auch Buchstaben oder Nummern, wenn du willst.

HELEN *blickt vom Lesen auf und ihn böse an:* Jacob!

*Die Uhr schlägt sechs Mal.*

HELEN  Oh! Wir sollten anfangen, zumal wir einen Gast nicht mehr erwarten können.

*HELEN entzündet die Kerzen auf dem Tisch und holt eine Blumenvase mit weißen Blüten. TINY stellt ein großes schwarz gerahmtes Bild von Raymond neben die Figuren ins Regal. JACOB öffnet den Champagner und gießt ein. Alle nehmen auf den drei verbliebenen Stühlen am Tisch Platz. Neoimperialismus-Stimmung.*

HELEN  Tiny, sag in der Küche schnell Bescheid, dass wir beginnen!

TINY *brüllt:* Ma Ha, Ma Hok, wir fangen an! *Setzt sich.*

*MA HA und MA HOK erscheinen mit großen Essensschüsseln. Stellen sich mit den Schüsseln ehrfürchtig hinter die Stühle.*

JACOB *erhebt sich mit einem Blatt in der Hand:* Meine liebe Helen! Liebe Tiny! Liebe mit uns Trauernde, wo ihr auch seid! Heute ist nun der Tag gekommen, an dem wir Raymond, unseren besten Freund, an dem wir ihn nun offiziell für tot erklären mussten. Ja, mussten, sage ich, denn Jahre sind es bereits her, seitdem wir ihn das letzte Mal gesehen haben, seitdem überhaupt irgendjemand ihn ein letztes Mal gesehen hat.

TINY  Stimmt gar nicht!

HELEN  Pst!

JACOB  Es ist uns schwergefallen. Das kannst du uns glauben, lieber Raymond. Doch das Leben schreitet voran. Und das Testament bestätigt es. Lieber Raymond! Dort... *blickt an die Decke* ...wo du jetzt auch immer sein mögest, dort mögest du in aller Stille deinen Frieden finden, auch wenn du meine Frau gevögelt hast! *Böser Blick auf Helen.* Aber das waren damals andere Zeiten. Ich verzeihe dir.

HELEN  Du hast das gerade nötig!

JACOB  Unterbrich mich nicht! Ja, ich verzeihe dir. Als deine treuen Freunde werden wir dich hier für immer und in Ewigkeit in unseren Herzen tragen. Deines Unternehmens werden wir uns stets als würdig erweisen, wir werden es ehren, hüten, verbessern und mehren. Und niemals werden wir dich, mein Freund, vergessen!

HELEN *schluchzend*:  Niemals!

TINY *schluchzend*:  Nie!

MA HA, MA HOK *schluchzend*:  Nie!

JACOB  Und nun, meine Lieben, lasst uns die Gläser zum Abschied unseres besten Freundes ein letztes Mal erheben!

*Sie erheben sich mit den Gläsern. Klingeln.*

HELEN  Nanu, sie haben doch alle abgesagt.

*ALLE blicken sich erstaunt an.*

JACOB *geht, um zu öffnen. Entsetzt aus dem Off*:
Raymond!

HELEN *zweifelnd*: Raymond?

TINY *glücklich*: Raymond!

*VIERTER AKT*

*ERSTE SZENE*

*Derselbe Raum am Morgen danach. HELEN, noch im Nachthemd, deckt den Frühstückstisch. TINY kommt verschlafen.*

HELEN *unterbricht ihre Tätigkeit*:   Na? Und? Wir haben schon auf dich gewartet.

TINY  Warum?

HELEN  Was war?

TINY  Ganz schön indiskret.

HELEN  Das interessiert mich nicht. Was hat er über uns gesagt?

TINY  Nichts.

HELEN  Natürlich muss er was gesagt haben. Die ganze Zeremonie hier. Die hatte ihm gestern Abend doch sichtlich die Sprache verschlagen. Was hat er also gesagt?

TINY  Nicht viel.

HELEN  Nun mach schon! Jacob hat kein Auge zugetan. Ständig wälzte er sich hin und her und redete im Halbschlaf. Raymond war gestern Abend so unvorstellbar schweigsam. Kein Wort zu seinem Tod. Richtig unheimlich.

TINY  Fandest du?

HELEN  Und immer, wenn wir was erklären wollten, blockte er uns gleich im Ansatz ab. Das passt doch überhaupt nicht zu ihm. Immer blickte er so finster zu uns rüber.

TINY Das habt ihr euch bloß eingebildet. *Setzt sich, räkelt sich.*

HELEN Glaub ich nicht. Hat er sich denn gar nicht aufgeregt, dass wir ihn für tot erklären ließen?

TINY Er redete tatsächlich über Tod – und Leben und so... Im übrigen hat er abgenommen. Hast du das nicht auch bemerkt? *Bricht sich ein Stück vom Toast ab, steckt es in den Mund.*

HELEN Hm, steht ihm. Hast du ihn nach dieser Jasmine gefragt?

TINY Natürlich.

HELEN Und?

TINY Er kennt sie nicht.

HELEN Was hab ich dir gesagt! *Lockert die Haare ein wenig auf.* Nichts weiter als eine Betrügerin. Dachte, sie könnte hier absahnen. Raymond hätte sich doch nie mit so einer eingelassen. *Setzt sich auch und isst ein Stück Toast.*

TINY Und ihr Ring?

HELEN Eine wertlose Kopie. Die kopieren hier doch alles. Mit Sicherheit auch ihren Ring.

TINY Aber mein Ring...

HELEN Und hast du ihn nach mir gefragt? Er nannte mich schon damals seine Sita.

TINY Sagtest du nicht Daisy?

HELEN Das auch. Aber meistens Sita - und ich ihn meinen Rama.

TINY Und Jacob war der böse Tosakan?

HELEN  Ach was, er war der Affengeneral und kämpfte mit auf unserer Seite damals in New York.

TINY  Jacob?

HELEN *sentimental*:  Oh, wenn ich an früher denke! Mein Rama! Jetzt, wo er abgenommen hat, wirkt er so göttlich.

TINY  An dich kann er sich auch nicht mehr so richtig erinnern.

HELEN  Was? Das kann ja gar nicht sein.

TINY  Doch. Jedenfalls nicht daran, dass ihr einmal was miteinander hattet.

HELEN  Du lügst!

TINY  Ich hab noch nie gelogen.

HELEN  Du steckst mit diesem Weib von vorhin unter einer Decke.

TINY  Das stimmt ja gar nicht.

HELEN  Gib's wenigstens zu!

TINY  Bitte, Helen!

HELEN *setzt sich, voller Selbstmitleid*:  Ewige Treue hat er mir geschworen damals beim Sit-in im Central Park. Wir beide: Yin und Yang für alle Zeiten! Es kann doch nicht der Joint gewesen sein? *Wischt sich eine Träne aus den Augen.*

TINY  Nun sei nicht traurig! *Geht auf Helen zu, um sie zu trösten.*

HELEN *wehrt die Fürsorge ab*:  Pah! Traurig? Wie kommst du denn darauf? Jemand, der sich jahrelang herumgetrieben hat, nicht einmal eine Ansichtskarte schreibt, der ist für mich gestorben.

JACOB *kommt im Pyjama*:   Kommt Raymond nicht zum Frühstück?

TINY   Er schläft noch. So müde habe ich ihn noch nie erlebt.

JACOB   Weiß er was?

TINY   Worüber?

JACOB   Na, über Mohnblume natürlich.

HELEN   Jacobs Neuerungen.

TINY   Er hat von den Entlassungen gehört. *Frühstückt weiter.*

JACOB   Wie hat er reagiert?

TINY   Begeistert war er nicht.

JACOB   Und sonst?

TINY   Was sonst?

HELEN   Was hat er noch gesagt?

TINY   Ihr kennt doch seine Ideale. Vertrauen und so. Auch Verantwortung und Gleichheit aller Werktätigen, Revolution. So allgemeines Zeug.

HELEN *in letzter sentimentaler Anwandlung*:   Noch immer Philosoph. *Schluchzt.*

JACOB   Hat er denn einen Plan?

TINY   Was für einen Plan?

HELEN   Oder hat er einen Revolver?

TINY  Über so was haben wir gar nicht gesprochen.

HELEN  Natürlich hat er einen. Sieh dich bloß vor, Jacob! Er hat schließlich mehr als einen Grund.

JACOB  Die Umstrukturierung war bitter nötig. Das werde ich ihm erklären. Er darf sich nur nicht weiter taub stellen.

HELEN  Und deine Position als Firmenchef und Erbe?

JACOB  Das kann ich abschreiben.

HELEN  Vielleicht kann er dich ja zum Geschäftsführer machen.

JACOB  Das glaubst du doch wohl selbst nicht. Er kann uns sogar auf die Straße setzen. *Blickt Tiny fragend an:* Was meinst du?

TINY  *naiv:* Ich habe ihm nichts von dem Frosch gesagt, Jacob, und auch sonst, ehrlich.

HELEN  Ich glaube, du hast recht, Jakob. Er kann nicht nur, er wird uns auf die Straße setzen. Mindestens.

JACOB  Du musst es ihm erklären, Tiny!

TINY  Was soll ich ihm denn erklären?

JACOB  Natürlich die Umstrukturierung. Ihre Notwendigkeit. Was dachtest du denn sonst? Bezieh dich auf das Betriebsvermögen und unsere absolute Aktienmehrheit!

TINY  Ich hab von so was keine Ahnung.

JACOB  *erbost:* Aber Bodhisattvas klauen...

HELEN  Jacob! Was unterstellst du diesem Kind?

*TINY schluchzt, HELEN tröstet sie.*

JACOB *zu Tiny*: Was hat er dir über sein Verschwinden erzählt? Gestern Abend war ja nichts aus ihm rauszukriegen. Stattdessen immer dieser vorwurfsvolle Blick.

HELEN Das bedeutet nichts Gutes. Ich kenne ihn. Hat er denn gar nichts Genaues gesagt?

*TINY zuckt mit den Schultern.*

JACOB Überhaupt nichts?

TINY Nichts.

JACOB Vielleicht war er ja tatsächlich entführt worden.

TINY Von wem denn?

HELEN Chinesen.

JACOB Das kann nicht sein. Die sind gegen Opiumhandel - traditionell.

HELEN Oder vielleicht die Mafia? *Zu Tiny*: Hat er wirklich nichts gesagt?

TINY Doch. Er müsse nachdenken.

HELEN Siehst du!

JACOB Worüber?

TINY Ja, warte mal!

JACOB Nun?

TINY Er will sich in Zukunft der Kunst widmen.

JACOB *atmet auf*: Welcher?

TINY Ballett.

HELEN Wieso? Tanzt er? Das wäre mir neu.

TINY  Er sammelt.

HELEN  Was sammelt er?

TINY  Ballettschuhe.

JACOB  Aha... *Setzt sich.*

HELEN  Das ist gut. Was ganz anderes als seine Buddhas
– ohne Köpfe.

JACOB  Wer Buddhas köpft, braucht seine Freunde nicht
zu köpfen. Andererseits: Wer Ballettschuhe sammelt,
braucht eigentlich überhaupt nicht zu köpfen.

TINY  Raymond hat noch nie jemanden geköpft.

HELEN  Immerhin ist es ästhetisch.

JACOB  Ja, es ist schon gut, dass er Ballettschuhe
sammelt. Ballettschuhe haben was Beruhigendes.

HELEN  Im Allgemeinen.

JACOB  Ballettschuhe-Sammeln ist ein akzeptables
Hobby für einen Mann in seinem Alter. Raymond
wäre abgelenkt und hätte viel mehr Zeit für sich.

HELEN  Und du für die Geschäfte. Vielleicht ist das ja
wirklich von Vorteil für uns alle.

JACOB  Hoffentlich! Aber glauben tu ich das, ehrlich
gesagt, nicht.

TINY  *hat sich das Telegramm vom Schreibtisch genommen,
betrachtet es:*  Ist euch schon aufgefallen, wie gut
sein Neffe aussah? Raymond hat mir mal ein Foto
von ihm gezeigt.

JACOB  Sammelte der auch Ballettschuhe?

TINY  Nein. Trillerpfeifen, soweit ich weiß.

JACOB  Seht ihr da einen Zusammenhang?

HELEN  Natürlich. Raymond ist bestimmt der Mörder seines Neffen, so nachtragend und empfindlich, wie er ist.

JACOB  Du meinst, die alten Streitigkeiten mit dem Jungen? Der Durchfall...

HELEN  Quatsch! Die Trillerpfeifen.

JACOB  Ein Schachzug? Bevor sein Neffe ihn beerbt, beerbt er seinen Neffen. Meinst du das?

HELEN  Immerhin möglich.

TINY  Dann müsste er doch aber Trillerpfeifen sammeln, und nicht Ballettschuhe.

HELEN  Stimmt. Obwohl, das passt doch gut zusammen: Trillerpfeifen im Ballettsaal. So ähnlich wie Schwerter zu Pflugscharen. Und durchaus gut zu nutzen. So als künstlerische Einlage bei der Mohnverarbeitung.

JACOB  Was soll das denn?

HELEN  Na, zur Hebung der Arbeitsmoral. Dass du inzwischen das Leistungsprinzip eingeführt hast, davon konnte er zu der Zeit ja noch gar nichts wissen. *Zu Jacob*: Pfeif mal! Und Tiny, du tanzt dazu, ja?

*JACOB pfeift erst langsam, dann schneller. TINY tanzt einen Strip dazu.*

JACOB  So was würde die Arbeiter bloß ablenken.

HELEN  Möglich. Aber man könnte damit auch das Arbeitstempo steigern. Doch zunächst einmal würde es Raymond eine Freude bereiten.

JACOB  Ja, das könnte ihn vielleicht ein wenig besänftigen. Ich will es nicht leugnen.

TINY  Raymond ist kein Mörder. Er schläft so seelenruhig. *Legt das Telegramm wieder auf den Schreibtisch.*

JACOB  So was täuscht immer. Ich sage euch: Er hat seinen Neffen umgebracht. Da bin ich mir so ziemlich sicher.

HELEN  Wir sollten vorsichtig sein.

*DRITTE SZENE*

*Später Nachmittag im selben Raum. Die Lampen sind angezündet. Der Tisch ist wieder abgeräumt. HELEN sitzt auf dem Teppich beim Joga. JACOB kommt.*

HELEN  Wo ist Raymond?

JACOB  Er wollte sich mit Madame Jasmine treffen.

HELEN  Dieser Jasmine? Warum hast du das nicht verhindert?

JACOB  Er war nicht davon abzubringen.

HELEN  Was weiß er denn nun wirklich?

JACOB  Nicht alles – denk ich.

HELEN  Da hast du aber Glück. Die Umstrukturierung?

JACOB  Bestimmt. Aber er redet nicht darüber.

HELEN  Deine Bereicherung am Betriebsvermögen?

JACOB  Ich glaube, nicht. Ich bin mir sogar ziemlich sicher.

HELEN  Und die Fusion? Hinter seinem Rücken! Noch dazu mit dieser Frau! Weiß er was von der Fusion?

JACOB  Auch da hält er sich bedeckt.

HELEN   Wenn nicht, dann wird er's von dem Weib erfahren.

JACOB   Zwangsläufig. Doch bin ich überzeugt, dass das sogar in seinem Sinne ist.

HELEN   Das kann ich mir nicht vorstellen. Du solltest jedenfalls auf diese Nutten nicht hereinfallen, Jacob! Du nicht! Und Raymonds Bilder hättest du wirklich hängen lassen sollen. Das war nun völlig übereilt.

JACOB   Wir müssen auf jeden Fall Vorkehrungen treffen.

HELEN   Wir könnten ja alles rückgängig machen. Häng die Bilder einfach wieder auf!

JACOB   Das soll ihn überzeugen?

HELEN   Und kauf die Aktien zurück! Verteil sie an die Arbeiter!

JACOB   Bist du verrückt?

HELEN   Geht das denn nicht?

JACOB   Der Kurs ist gerade angestiegen. Da hast du wirklich keine Ahnung.

HELEN   Aber dann sollten ihn die Arbeiter wenigstens mit einem Lied empfangen: "Du roter Morgen" oder so - und Glück ausstrahlen. Vielleicht hat ja auch einer eine Trillerpfeife und tanzt Ballett. Nur eine kleine Einlage, dachte ich.

JACOB   Wie soll ihn das denn überzeugen?

HELEN   Na ja, vielleicht nicht überzeugen, aber erfreuen, milde stimmen möglicherweise. Denk dran, was Tiny sagte: von wegen Vertrauen, Loyalität...! Wer weiß, was er für unsre Zukunft plant.

JACOB   Mit Sicherheit nichts Gutes.

HELEN    Meinst du, du könntest vielleicht in den Aufsichtsrat zurückkommen, wenn er die Firma wieder leitet?

JACOB    Natürlich nicht. An meinen Posten im Aufsichtsrat ist nicht einmal zu denken. Vor die Tür wird er mich setzen. Und dich dazu.

HELEN  Unsere ganze Existenz ist ja dann gefährdet.

JACOB  Du sagst es. Könntest du dir vorstellen, in einer Zwei-Zimmer-Wohnung zu leben? Ohne Dienstboten? Du müsstest vielleicht sogar arbeiten.

HELEN  Um Gottes Willen!

JACOB    Du weißt, wie unberechenbar er ist, besonders wenn man hinter seinem Rücken handelt.

HELEN    Wir müssen unbedingt was tun. Hast du ihn schon auf das Testament angesprochen? Immerhin hat er dich ja als seinen Erben eingesetzt. Sein früheres Vertrauen solltest du jetzt nutzen.

JACOB  Das Testament? Ja...

HELEN  Und?

JACOB  Wir haben nicht davon gesprochen.

HELEN  Warum denn nicht?

JACOB  Herrgott! Wenn du es unbedingt wissen willst, ich hab es selber aufgesetzt.

HELEN  Jacob! Wenn er das rauskriegt, verzeiht er dir das nie. Wo hast du es hingetan?

JACOB    Ich hab es schon gesucht. Es ist wie vom Erdboden verschwunden.

HELEN  Dann hat es Raymond bestimmt schon gefunden.

JACOB    Das kann durchaus sein. Tiny, diese Plaudertasche, hat ihm sicher davon erzählt.

HELEN  Hat er denn gar nichts angedeutet?

JACOB    Nichts. Aber er schaute mich immer so merkwürdig an, ohne mit mir auch nur ein Wort zu wechseln. Hat er dir denn nichts gesagt?

HELEN  Was meinst du?

JACOB  Über die Firma natürlich.

HELEN  Nein, nichts. Unsere Beziehung war immer rein privat. Heute sehe ich das natürlich anders.

JACOB  So? Inwiefern?

HELEN    Ich bin nicht länger interessiert an ihm. Schließlich bin ich deine Frau. Er darf unser Leben nicht zerstören. Dieser gemeine Betrüger! Mich so zu hintergehen! Soll er doch hingehen, wo der Pfeffer wächst!

JACOB  Da war er sicher nicht.

HELEN  Wie, doch in China?

JACOB  Nein.

HELEN  Aber in Amerika.

JACOB Das halte ich jetzt nicht mehr für ausgeschlossen. Zumal er schweigt.

HELEN  Warum?

JACOB  Denk an seinen Neffen!

HELEN  Nach dem hättest du ihn fragen sollen.

JACOB    Natürlich habe ich ihn gefragt. Er wechselte sofort das Thema.

HELEN  Und wenn er nun mit uns dasselbe macht?

JACOB  *zuckt die Achseln.*

HELEN  Wir haben nicht mal Trillerpfeifen.

JACOB  Wir müssen ihn eben von unserm Handeln überzeugen.

HELEN  Das funktioniert doch nicht. Das weißt du selbst. So verbohrt, wie er an seinen Ideen klebt. Hält sich doch weiter für den Heilsverkünder. Aber vielleicht doch Tiny...

JACOB  Das funktioniert auch nicht. Die ist zu blöd und würde alles nur vermasseln. Wie wäre es vielleicht dann doch noch mal mit dir? *Will ihr auf den Hintern hauen, verharrt aber in der Andeutung.*

HELEN  Wofür hälst du mich? Die Zeiten sind vorbei. Den Ring kriegt er jetzt auch zurück. Kennst du denn keine Tänzerinnen?

JACOB  *vorwurfsvoll*: Ich bitte dich!

HELEN  Dann bleibt nur noch ein Weg.

JACOB  Was für ein Weg?

HELEN  Ich kenne jemanden, der kennt einige Männer, und die haben Verbindungen zu anderen, die Männer in den Highlands kennen. Bald ist Ostern und dann wären wir mit einem Mal alle Probleme los.

JACOB  Was soll das heißen?

HELEN  Wir verbringen die Tage doch wieder in den Highlands.

JACOB  Ja, und?

HELEN  Was bist du begriffsstutzig. *Macht mit der Hand eine Bewegung des Halsdurchschneidens.*

JACOB  Ich weiß nicht. Lass uns die Sache überschlafen! *Setzt sich.*

*HELEN gibt ihm einen Kuss auf den Kopf und entfusselt sein Jackett.*

# FÜNFTER AKT

## ERSTE SZENE

*Früher Ostermorgen in den Cameron Highlands. Dasselbe Interieur wie im ersten Akt. Auf dem Tisch stehen neben dem Frühstücksgeschirr wieder Schokoladeneier. Die Vase enthält jetzt Mohnblumen. Der Papagei sitzt nun in seinem Käfig in der Nähe des Tisches. Im Goldfischglas befindet sich diesmal nur ein Tier. HELEN und JACOB fummeln mit einigen Messern aus der Küche herum.*

JACOB  Unmöglich, dass uns diese Kerle versetzt haben!

HELEN  Sie sind ausgebucht bis hinein in den Herbst. Zum großen Vollmond-Fest hätten sie dann allerdings noch einen Termin gehabt.

JACOB  Das ist zu spät. *Legt das chinesische Küchenmesser zurück in den Messerkasten.*

HELEN  Sicher. Inzwischen weiß Raymond ganz genau, was Sache ist. Zum Glück hatte er noch keine Zeit, etwas zu unternehmen.

JACOB  Er ist in letzter Zeit so... katzenfreundlich.

HELEN  Das hab ich auch bemerkt. Je freundlicher er tut, umso katastophaler wird seine Rache sein. Ich kenne ihn. Und wenn ich an seinen Neffen denke...

JACOB  Hat er mit dir inzwischen mal näher gesprochen?

HELEN  Nein. Worüber denn? Unheimlich, nicht?

JACOB  Die Stille vor dem Sturm.

HELEN  Er oder wir. Wie siehst du das?

JACOB  Ich sage nur: Zwei-Zimmer-Wohnung! Er plant was.

HELEN  Kein Zweifel, für uns ist's allerhöchste Zeit. Und die Gelegenheit ist günstig.

JACOB  Du hättest den Männern in den Highlands mehr Geld anbieten sollen.

HELEN  Dass die Kerle abgesagt haben, ist wirklich nicht meine Schuld. Ich habe mich genau wie du auf sie verlassen. Jetzt müssen wir es eben selber machen. In der Schublade habe ich noch das gefunden. *Legt ein Khukuri (von den Gurkha-Truppen benutztes Kampfmesser mit runder Klinge) vor Jacob auf den Tisch.*

JACOB  Ich weiß nicht. Ich glaub, ich kann das nicht.

HELEN  Stell dich nicht so an! Du musst dich in die Szenerie hineinversetzen! Denk doch einfach nur an Raymonds toten Neffen!

JACOB  Den konnte ich doch auch nicht leiden.

HELEN  Oder dann an meine arme Familie und den Mörder, der sie damals alle ausgerottet hat! Was meinst du, was mir für Kräfte wachsen, wenn ich auch nur daran denke. Du musst dir einfach so was vorstellen!

JACOB  Das kann ich nicht.

HELEN  So schwer ist das nun wirklich nicht. Ich stehe dir doch zur Seite: in guten wie in schlechten Tagen.

JACOB  Hast du wenigstens Schokolade besorgt?

HELEN  Natürlich. *Deutet auf die Ostereier.* Aber lenk jetzt nicht ab!

JACOB *sieht sich im Raum um, hantiert - gedrängt von Helen - mit dem Khukuri. Legt es in den Messerkasten.* Unmöglich! Das gibt Spuren.

HELEN *nimmt erneut das Khukuri und drückt es Jacob in die Hand. Zum Papageien:* Na, du kleiner Scheißer, wo du jetzt wieder aufgetaucht bist, jetzt tanzt du doch noch das Requiem!

*RAYMOND, ein unscheinbar wirkender Endfünfziger, kommt, das Testament in der Hand.*

*JACOB lässt das Khukuri verschwinden.*

HELEN Raymond, du bist zu früh.

*RAYMOND legt das Testament auf den Tisch. Nimmt sich ein Schokoladenei, das er auswickelt und in den Mund steckt. Geht zur Tür, die in den Garten führt. In amerikanischem Slang:* Mein Taxi wartet. *Verlässt den Raum.*

HELEN Aber...

*JACOB und HELEN verharren verstört in ihrer Position. Hören das Taxi abfahren. Helen schaut aus dem Fenster Raymond hinterher.*

JACOB *deutet auf den Tisch:* Das Testament! *Geht, noch völlig entkräftet, hinüber. Liest. Flüstert ungläubig:* Er hat es unterschrieben.

*TINY kommt:* Habt ihr Raymond gesehen?

HELEN *reicht Tiny eine Mohnblume aus der Vase:* Sei so lieb!

*TINY geht hinaus, man sieht sie durch das Fenster die Blume am Geisterhäuschen opfern.*

*RAYMOND und JASMINE, beide in Ballettschuhen. Keine Kulissen. Ballettmusik (Tanz der Fliederfee aus Tschaikowskys Dornröschen), anfangs kaum wahrnehmbar, bis zum Vorhang sich steigernd.*

RAYMOND *zum Publikum in amerikanischem Slang:* Ich habe meinen Neffen natürlich nicht umgebracht. Sein Tod war ein ganz normaler Raubmord. Er hätte seine Trillerpfeifen eben besser hüten sollen.

*JASMINE* Natürlich hatte ich nie wirklich beabsichtigt, mit Jacob Geschäfte zu machen. Ich hatte mich bei ihm nur eingeschlichen, um für Raymond Geld zu holen, als der in China weilte.

RAYMOND Auch hätte ich Helen nie etwas davon erzählt, dass Jacob leidenschaftlich Pilze sammelt. Schließlich musste man doch etwas unternehmen gegen unseren Klassenfeind. Es wäre alles auch ganz anders gekommen, wenn Helens Vetter damals in Paris geblieben wäre.

JASMINE Jetzt nehmen wir uns die Zeit, Geschäftliches zu überdenken. Vielleicht eine Art Blumenkette.

*RAYMOND steckt sich einen Joint an.*

JASMINE Raymond, komm schon, du altes Fossil aus Hippietagen!

*RAYMOND erhebt seine Hand zum Peace-Zeichen. BEIDE verlassen die Bühne.*

*Die Musik ist inzwischen angeschwollen. Vorhang.*

Das mysteriöse Verschwinden eines niemals wieder aufgetauchten Amerikaners im Hochland von Malaysia in den Sechzigern des 20. Jahrhunderts bildet den Anlass für die Komödie. Raymond und alle weiteren Personen, Schauplätze, Ereignisse sowie die Handlung selbst sind völlig frei erfunden und haben nichts mit realen toten oder lebenden Personen zu tun. Etwaige Ähnlichkeiten sind rein zufällig.